詩集

アレクサンドロス王とイチジク

岡隆夫

砂子屋書房

＊目次

プロローグ

装本　倉本　修

詩集　アレクサンドロス王とイチジク

プロローグ

知っていて　知らなかった

知っていて　知らなかった
知らなかったことが数千倍大きかった
このことに気づかず　旅人は己が道をゆく
細く短い道をまえに只イむのみの旅人がいる
億万劫光年の大宇宙に
遍在する飛天神を
求めつづける旅人がいる
旅人とは取りも直さず
あなたであり　わたしである

マスカット・オブ・アレキサンドリアを四〇年作り続け
完熟マスカットこそ白ブドウ極限の風味を
湛える果実の女王と確信し
堪能しつくしたと自負していた
ところがアレクサンドロス王[*1]がエジプトを領有し
肥沃なデルタにアレクサンドリア港を建設し
マスカット・オブ・アレクサンドリアを増殖
エジプトイチジクとともに世界に広めたとは
まったくもって知らなかった　知らなかった

一九七四年旅人はアテネを始め主要都市を巡り
テッサロニキ駅より現・北マケドニア[*2]を通過
セルビアはベオグラードを抜け　ハンガリーを抜け
トマス・クック社ユーレール時刻表を携え
ウィーンに立ち寄り　西方ミュンヘンに向った
ギリシャ北隣マケドニアこそ

アレクサンドロス大王生誕の地ペラ
高速で走れば一時間で行ける古都

ドリス式円柱の林立する遺跡のほか
今はだだ広い荒れ野だが
前三、四世紀ペラは大都市だった
テッサロニキ中心部には
アレク大王の凜々しい馬上の立像
アリストテレス大学などがある
しかしペラのこと　アレク大王のこと
旅人は何も知らなかった　知らなかった

二〇二二年旅の男は七度目の寅の年男　極寒のさなか
マスカット・オブ・アレキサンドリアを剪定し
熊手で小枝を掻きよせ焼いていて　はたと気づく
果実の女王マスカットの二千三百年まえの

ふるさとペラ　テッサリア　エジプトを再訪しよう
かつてお世話になった日航機で羽田↓アムステルダム↓
テッサロニキ往きチケットを早速ゲット
知らなかったこと　もっともっと知りたいと
昨夏は癌の手術　年末は頸動脈損傷にあい
九死に一生得た身なれば　どうせ余生だ
いつどこでミサイルに遭遇してもかまわない
できればアレク王の斃れたバビロンがいい

＊1　アレクサンドロス（前三五六〜前三二三）、アレキサンダーは英語名、マケドニア王フィリップ三世、前三三六年二十歳で即位。アレクは同王の愛称。のちに大王と称される。
＊2　河原田慎一「世界帝国は誰のものか、テッサロニキ（ギリシャ）」『朝日新聞 *Globe*』二一六号、二〇一九年四月。

一　アレクサンドロス王とイチジク

アレクサンドロス王の東征と西征

紀元前三三六年マケドニア王フィリップ二世が暗殺され
王子アレクサンドロスは若干二十歳で即位する
東征を目論んでいたアレク王にとって
ペルシャ帝国ダリウス大王は父王時代からの宿敵
二十一歳の若武者はイスタンブール南西
グラニコス川を挟み　三万弱の兵で
十万余のダリウス軍に挑む
アレク王は戦術に長け
突撃しすぎて護衛団から離れつつも
ダリウス大軍団を側面より引き裂き

大王を敵前逃亡に追いやり　圧勝する[*3]

その後過酷なシリア砂漠を南下
フェニキア軍港ティロスに到る
ここでは七ヶ月の攻防を凌ぎ
ガザでも大打撃をうけ　命辛々生還する[*4]
アレク王はティロスにおいて二者択一を迫られる
一つはダマスカスを抜け　メソポタミアへの東征
今一つは南西に下り　未知なる世界エジプトへの西征
アレク王は後者を選ぶ　地中海の制海権《シーレーン》を確保し
前四十世紀以来世界最古のエジプト文明を見聞し
領有するためだ

＊3　塩野七生『ギリシャ人の物語三』新潮社、二〇一七。以後同書に負うこと大。
＊4　村川堅太郎編『ギリシャとローマ』中央公論社、一九八二、一九九四。

無血制覇によるエジプト

前三三二年二四歳の若き王は大河ナイルを渡り
広大なデルタ地帯　現カイロ近郊メンフィスに入る
このエジプト入りこそ半年余の戦のない休暇となる
アレク王にとってこの地こそ驚異に満ちた宝島
そこでは前三千年よりカミガヤツリ草すなわち
パピルスから作られた紙が実用化され
エジプト文字を始めギリシャ文字ローマ字など
AD八世紀まで西欧各国で使用され
その文化的価値は計りしれない
世界三大河川ナイルの下流域には

数万年もの沃土が堆積し　無類の動植物が生息
パピルスはその一例　アレク王の好物たる
エジプトイチジク　マスカット・オブ・アレキサンドリア
甘酸っぱいザクロ　苦いアロエは胃腸の妙薬
果物には目がない一兵卒のエウメネスはアレクのお蔭で
三十年近く栽培し　淳熟した蜜果の味覚を堪能する

麦小麦はアジア全域に自生
長年月をかけてパンコムギへと進化させ
牛　馬　羊　山羊　豚など五大家畜も多量に産出[*5]
アレク王は地中海に注ぐこの河口に新都を築き
アレキサンドリアと命名　アフリカ大陸北岸の軍港とし
諸科学と文化の興隆に意を注ぐ
家庭教師アリストテレスの訓導　大であったか

＊5　佐藤洋一郎『食の人類史』中公新書、二〇一六。

神の子アレクサンドロス王の好奇心

エジプトの無血制覇には王族神官との駆引きがある
アレク王は元来宗教については寛容であり
王権をも左右する神官とは容易に和合でき
エジプトの神々を容認し　敬意を払う
見返りにアレク王はアモン神の子として敬われる

気をよくしたアレクは天に聳えるピラミッド群を訪れる
四千五百年まえメンフィス　ギザなど広大な砂漠に
八十基もの巨石が積み上げられ
この摩訶不思議な金字塔はどのようにして造られたか

大探険家アレクは只々圧倒されるばかりだ
その財源はナイルがもたらす恵みにあると察知し
大河の上流に調査隊を派遣する

アレク王の好奇心は止まることを知らない
好奇心こそ創造の電源であり
命の内奥に潜むエネルギーの源泉から
泡立つ薬効壺の匂いたつ薫である
アレク王はその無類の薫に誘われ
西隣リビアに赴く　シリア砂漠での難渋から
砂漠の非常を知らなくもないが
リビア砂漠の超過酷な砂嵐にさいなまれ
何度死ぬ思いに駆り立てられたか
王は己の無鉄砲さを思い知らされ
メンフィス　ギザに引き返す

マミーのイチジク

アレクサンドロス王の奇抜なアイディア
その着想を実行に移す素早さには皆が驚き
だれも追随できず　振り回される
朝令暮改といった浅薄なものではない
知の巨匠アリストテレスより　知識から知力への
止揚こそ真の哲学　と教えられた哲人ゆえ
重鎮さえ異を唱えることはできない
エウメネス*6は行軍中しばしば幼少期を振り返る
母《マミー》は黙々と燕麦《エンバク》*7を刈る

ぼくのことなどお構いなし
ぼくは麦藁の籠の中で仰《の》けぞって
きょろきょろあたりを見回すと
大きな葉群れに目が留まる
物心ついたエウメネスが
この世で初めて目にしたイチジクの葉

マミーは黙々とライムギを刈る
そこを退《ど》けんと足まで刈るよ
無花果の大葉が少年の脳裡に貼りついて
緑の色を濃くしつつ　ときに葉裏を翻す
一体だれが無花果《むかか》と言いだした
ぼくだったら野々香と呼びたい
こよなく甘美な桑科の香り
太古から人も獣もその果汁に魅惑される

マミーはひとり裸麦を刈る
腕白小僧は妹を紐でくくって引き回す
　ほら　イチジク食べな　喧嘩せず
雌雄異花の無数の花が睦みあう
こよなく甘い蜜果の香り
桐の葉大の濃《こ》緑の葉は三裂し*8
不時の東風《こち》にも破られず
下葉には木漏れ陽をくばり
若葉腋《わき》のうすみどりの緑児を
日焼けからやさしくまもる

＊6　エウメネス（前三六二〜前三一六）、ギリシャ東北部トラキア出身、詩心があり、哲理に通じ、アレク王に重用される。不戦時は農耕に従事。

＊7　佐藤洋一郎（＊5）によると、麦小麦類は太古よりアジア全域に自生、一粒系アインコルンコムギ（AA）、二粒系（AABB）、タルホ（DD）等が混在し、パンコムギ（AABBDD）へと進化。

＊8　イチジクの葉、三裂する葉が多く、五裂の葉、丸葉もある。ジパングでは唐柿（トウガキ）、ほろろいしともいわれ、中国では映日果ほか名称多数。旅人は郷里でポルトガロ、ブラウンター

キー、ホワイトゼノア、チュニジア産サルタン、エジプトイチジクなど四十年余作る。『日本国語大辞典』二巻、小学館、一九七三、一九七五。

アレクサンドロス王とイチジク

ママは時に人参《キャロット》を深く耕し
長柄の鍬で土を寄せ
ウズベキスタン産豌豆《ビーンズ》の垣根をつくる
ほら　よく熟れたイチジクよ
うす紫の筋が裂け　白い割れ目が入ってるよ
中味はみんなピンクの花たち
萎《しな》びても花は外には開かない
内に内にと囲われて　たとい灰にされても
花の露をあらわにしない
トラキア産の初冬の野々香だよ

ママはひとり小麦を扱《しご》く
遅れ穂の青い実を頬張りながら小麦を扱く
野々香のことなどすっかり忘れ——
麦粒ほどのぼくの小っちゃな前頭葉は
野々香のことであっぷあっぷ
野々香の囁きならば心地よい
　わたしたちペルシャではアンジールと言われるの
　昔もむかし前七、八世紀
　それから三百年後、隣国マケドニアに
　アレクサンドロス王があらわれる
　王は甚《いた》くわたしたちが気にいって
　わたしたちなしでは日が経たないの

ママはひとり一粒系《アインコルン》小麦を刈る
ある年は二粒系エンマー小麦

パパはいつもアレク王の戦に駆られ
ママを助けるものは誰もいない
不肖エウメネスもパパ同様
アレク王の一兵卒に志願する

アレク王は日々三十個余イチジクを平らげる
イチジクには葡萄糖、果糖
クエン酸　コハク酸　抗腫瘍成分
アミラーゼ　エストラーゼ　リパーゼがあり
便秘には緩下剤　腺癌・骨髄性癌を抑え
胃を開き　腸を潤し　肺に益し
喉の痛み　胸の痛みを和らげる[*9]
かくて王は大病を得ても奔走に明け暮れる

むかし塞翁の馬が失踪するが
地方の駿馬を率いて戻る

息子は喜んでその馬に乗るが
落馬して足を折る　そのため
戦士とならず　命長らえる——
アレク王は俚諺通り　落馬し
一命をとりとめる　二五歳の春だった

＊9　『中薬大辞典』小学館、一九八九、第四巻。

二　カルタゴ遺跡とチュニスの煌き

チュニスの煌き

アレク王に劣らず好奇心の塊たるエウメネス
王の許しを得て　戦友テラをともない
リビア砂漠西隣チュニジアに向かう
ここは超巨大なサハラの東部
その奈落の砂嵐は凄まじい
狂風は氷壁となり　砂まじりのガラス片となり
エウメネスの頸動脈にガラス片がつき刺さり
その破片を抜くと鮮血が溢れ　マフラーで縛っても
どす黒い血が背筋をつたい　股関節まで流れ
顔色を失い　項《うなだ》垂れるや

仲間のテラが羽毛に巻き換え　項を圧え
胡楊の根っこに寝かせてくれる

北には大陸北岸中央部に開けたカルタゴ　チュニス
カルタゴ[*10]は前九世紀フェニキア人が建てた植民都市
地の利を生かし　前六世紀以来西地中海を制覇
その繁栄は数百年つづき　古代最大級の都市となる
前二、三世紀ローマと争い　スキピオに囲まれて滅ぶ
その南西チュニスは諸民族が領有を企んだ名勝の地
ローマ帝国は無論　後にはオスマン帝国が所有する
チュニス湾こそ地中海早朝のすべての光をあつめ
色鮮やかに爽やかに煌めくプリズムの港
アメリカの大詩人ディキンスンも頗る感動――

回る車輪をもった
はかない軌道――

エメラルド色の共鳴――
コチニール色の突進――
くさむらの上の花々は
そのころげ落ちた頭をもたげる
恐らくチュニスからの便り
軽やかな朝の疾走[*11]――

詩人はハチドリの飛翔　郵便配達夫の投函等を
暗示しつつ　この世のものとは思えない
チュニスの朝日の煌きに感嘆する

＊10　カルタゴは「新しい都市」のフェニキア語、カルタゴ人はラテン語では「ポエニ」と呼ばれる。イベリア半島、シチリア、サルディニアなどの住民にとって、ポエニ文化こそ最初の本格的なオリエント文明だった。
・オスマン帝国、オスマントルコともいう。東ローマ帝国後小アジア西部に建設したイスラム国家、一二九九～一九二二。TV、BS四、二〇二一・一二～二〇二二・四放映。
＊11　桜井よしこ・千葉剛編訳『エミリィ・ディキンスン詩集』七月堂、二〇一一。
・鵜野ひろ子「消失の道の詩の思い出」*The Emily Dickinson Rev.* 八号、二〇一一。

- 鵜野 (Hiroko UNO) "Japanese Approach to Emily Dickinson's Poetry," Discussed at *J19* Special Forum: "Japanizing *C19* American Literary Studies," 29 Jan. 2022, Zoom. Uno's Article Appeared in *The Journal of 19th Century Americanists (J19)*, Vol. 92, Fall 2021, 443–451.

ナイル川とキリマンジャロ

砂　砂　砂
砂また砂の巨大砂漠サハラ
その東方のリビア砂漠がエジプトに迫り
砂丘また砂丘が連なる
ここでも植生はきわめて乏しい

アレクサンドロスは前三三二年
エジプトの無血制覇に成功する
世界最古のエジプト王朝の繁栄は
豊かなナイルの賜と察知し

その上流に調査隊を派遣する
この機を逃す手はないと　エウメネスは
記録係テラと調査隊に参加する

ナイル川は六千七百キロに及ぶ地上最長の大河
ウガンダのビクトリア湖を発源とし
幾多の瀑布　神殿　遺跡を携える
この大湖では日中は湖風が立ち
夜間は陸風がなだれこみ
千変万化の気流により千態万状の雨が降る
その上　奇怪な地勢が密林やサバンナをつくり
老いた麒麟　短足の豹　獰猛なヌーが悠然とくらし
イチジク　ブドウが撓に実る　と
ウガンダの人々が話してくれる

ビクトリア湖の東は赤道直下でも万年雪を冠る

六千メートルのキリマンジャロ[*12]が聳える
当時は暗黒大陸といわれていても
いつかは詩人がこの魅惑の風土を公にしてくれるかも　と
ウガンダの人々が話してくれる

ナイルは発源湖西方アルバート湖に注ぎ
白ナイルとよばれ　二千キロ北上し
エチオピアからの青ナイルと合流する
前十世紀エチオピアはシバの女王で知られ
女王は全知全能のソロモン王に拝謁すべくエルサレムに詣で
深遠な叡智を授かり
無量の財宝と香料を貢ぐ[*13]

エジプトの将軍ラダメスは　エチオピア女王アイーダを
囚にし辱めるどころか　その気高さと奥床しさに魅了され
熱愛する　アイーダも彼の純愛に深く打たれる

他方エジプト女王アムネリスは凜々しい若武者を深く慕い
数千年継がれた王冠を戴き凱旋兼婚礼のパレードを夢みる
両女王は秘策を講じ妬みあう　若武者は両者の板挟となり
アイーダとわが身を確と縛り　青ナイルに身を投げる

ナイル河口より一千キロ上流に遡ると
アブ・シンベル神殿　ルクソールの王家の墓
その間長大なナセル湖　アスワン遺跡がある
これらの遺跡に船足を止め調査すると数年かかる
この地域はサハラの東部にあたり
エウメネス調査隊はこれ以上の南下をあきらめ
アレク王のリビア遠征を控えたカイロ　ギザ[*14]まで
戦友テラとともに帰還する

リビヤ砂漠はサハラの東方
東西にオアシス地帯が連なる

年間降雨量数ミリ　春分以後南風は四十度
オアシスのナツメヤシは良質で
辛ろうじて飢えが凌げる

砂　砂　砂の山並に陽炎がゆらめき
あちこちに火柱が立つ
それこそ真の炎の塔
砂丘の地底の油田からの炎
アレクはこれを見て仰《の》け反る

砂漠の辺縁の朝は天国
やがて暗褐色の空となり
砂塵が舞い　息をつまらせる
午後は物みな焼きつくす灼熱地獄
必然で生み落される羊たち
必然で生み落される奴隷たち

みな瞬時に焼かれ　砂粒となり
枯れた胡楊とタマリスクの列柱も砂塵となる

夜には渇いた砂上をぬるぬるとヘビが這い
水際には白亜紀からの鰐がすりより
叢を豹がしのび寄ってインパラを襲い
魑魅魍魎がそこここに蠢く
プラスティックな砂漠[*15]の辺境

＊12　キリマンジャロ山、アフリカ大陸最高峰、後にセレンゲティと共に国立公園となる。ヘミングウェー『キリマンジャロの雪』が有名。
＊13　シバの女王、『新旧約聖書』「列王紀略上」十章、一九四九。
＊14　北川学「エジプト古代遺跡太陽の船」『朝日新聞 *Globe*』二四八号、二〇二一・一二。
＊15　安部公房『砂漠の思想』講談社、一九七〇。

ほろろいし

エジプトの無血制覇はアレクサンドロスと
兵士たちにとって数ヶ月の休戦であり
天与の至福の期間となる
エウメネスはエジプトイチジクを満喫し
幼少期の母の慈愛を振りかえる

蕩《とろ》けそうなトラキアのほろろいし
蜜果の風味が忘れられず
かれは三十年ぶりに小枝を挿す
ジパングでは南西洋の種を得て

長崎にこれを植え　国中に広まる　と
蕩けて無くなる野々香の種から
アレクの兵士たち農夫たちは
蜜果の種から芽を出せたのか
カンブリア紀に葦の芽がのぞいたように

　若くて青いほろろい[*16]しよ
　クルミ以上に丸くなれ
　チリアンパープルの夏果になれ
エウメネスは痛々しいコークいろの小枝を五本仕立て
十三個ずつ実を残し　それ以上は摘果する
すると彼岸には緋いろの一熟が垂れさがる
　これぞ　お婆のオッパイだ
　深紫のエジプトイチジクの賜物だ

早朝わくわくしながら出かけると

すでにカラスの宴の最中
そこで黄いろいネットで囲いこむや
瓜坊たちが網をくぐり
青い実までもかきむしる
その乳白色の傷跡をデンデンムシとナメクジが
ぬるぬる　ぬめぬめ　舐めまわる
さらにカミキリムシが嚙みついて
大鋸屑《おがくず》ばらばら撒きちらす

啞然とする間も暇もなく
アッという間に熟れすぎて
蓮っ葉女に変身し
あられもない姿態をさらけだすや
小蠅　金蠅　熊ん蜂がよって集《たか》って
ソドムとゴモラの邑《まち》*17にする

＊16　ほろろいし、＊8。
＊17　ソドムとゴモラ、『旧約聖書』「創世記」13、18〜19章。現在は死海南端水面下に沈んでいるといわれる。

ママのパイパイ

あたいネ　小っちゃな口　ポッとあけ
スッと息を飲み　ゆっくり吐く蝮の子
あたいの喉ちんこの奥にはネ
深いふかい甘美な藻場が広がってるの
ひとはあたいを無花果《むかか》っていうけど

卵形の蕾にはパールグレーの小っちゃな花が
いっぱい　いっぱい詰ってて
ほろほろっ　と咲いてるの
だから　ほろろいし　っていわれるの

初夏のころは小っちゃなペチャパイ

小っちゃなうす茶の石ころだった
真夏の眩しい斜光をあびると
ほの白い小花は　身も心も　魂までも
ブーゲンビリアいろに　ほんのり染まり
両の頰はアケビいろに赤らむの

ポッチャリ脹《ふく》らむママのパイパイ
無闇矢鱈に　まさぐりまくり
ほのかに甘い橡《つるばみ》いろの乳首に吸いつき
弓手《ゆんで》はママの膨《ふく》らみ　無心に弄《いじ》る
〈この餓鬼っ子　一体いつまでむしゃぶるの〉

アレクサンドロス王とペルシャ帝王ダリウス

アレクサンドロス王は稔り多いエジプト遠征ののち
前三三一年ユーフラテス・ティグリス両大河を渡り
ペルシャ帝王ダリウスとの二度目の大会戦に挑む
二五歳のアレク軍は騎兵歩兵四万八千余
片や四九歳のダリウス軍は二五万にせまる大軍勢
決戦の火蓋はティグリス東岸ガウガメラで切られる
この平原は現イラク　バグダッド近郊
南東五百キロにはペルシャ中枢部　古都バビロン
首都スーザ　中央アジア最大級のペルセポリス
この首都圏を庇護するため帝王が選んだ戦場だったか

戦術巧者の二五歳は一瞬の隙をつき
愛馬ブケファロスに跨がり騎兵隊右翼の先鋒に踊りでる
言わばダイヤの切っ先となって突進し
老練な四九歳の大歩兵団の真横から切り込み分断する
この奇抜な襲撃に恐れをなした大王は自兵団を薙ぎ倒し
東へ東へと敗走し　アレク王は追撃をゆるめない
ダリウスはついに敗北を認める
その結果首都はおろか　ペルセポリスまでも明け渡す

三　アジア極東の奇々怪々

ペルシャ王とインド王

アイディア　スピード　実行
これがアレクサンドロス王のモットー
それはエウメネスのモットーでもある
しかしその資質は万分の一にも満たない
ともあれペルシャ帝国の東端はインダス河あたりだが
ダリウス王とインド王ポロスには密約があり
後者は前者に十五頭の象と象使いを送り
ポロスはインダス西部にかなり食いこんでいる
中央アジア東北端の地勢は複雑怪奇
多種多様の民族から成り　ゲリラ戦が通常[*18]

アレク王のこれまでの全戦連勝とは訳がちがう

アレク王は窮地に陥ると　筆まめな特技をいかし
故国マケドニアの母オリンピアスに手紙を認める
その都度大麦小麦毒薬など早急かつ着実に送られる
どんなに険しい兵站《へいたん》であろうと雪原であろうと
ジパングの佐川急便やクロネコヤマトのように——
それにアレクの好物たるエジプトイチジク
完熟マスカット・オブ・アレキサンドリアが添えられる
アジア全域にはアレクサンドリア何所其所《どこそこ》なる都市《ポリス》が
七十ヶ所も建設されているのだ

＊18　塩野七生、＊7、イラン　アフガニスタン　トルクメニスタン　タジキスタン　ウズベキスタン等。

極東の地獄の門

アジア極東トルクメニスタンの広大な
砂漠の一角アシガバートより
濛々と立ちのぼる黒煙が
カラクム砂漠をおおう
風上に向かうと　巨大なクレーターがあり
擂鉢状の下方にはおどろおどの泥が蠢き
あちこちに無数の鬼火がちらつく
ひと呼んで地獄の門という

怪しくゆらめく焔の強弱により
吉凶が占われ　兵士たちが騒ぎたてる

アレク王の東征は凶兆だ　凶兆だ
アレクは思案の末　不本意ながら
　あれは吉凶の現われではない
占い師たちにそう喧伝させるや
やっと騒ぎは鎮まり　王は胸をなでおろす

今日ではイラン・カザフスタンのメタンガスなど
十七兆立方㎡もの資源が埋蔵され
その初源は白亜紀に始まるインド大陸の
衝突・褶曲により塩湖テスチ海が発生
七千万年まえの温暖化のもとで　アンモナイト
ウニ　厚歯二枚貝　軟体動物など大量に増殖
それらが化石化し　油田となる
物知り博士のアレク王も
二千年後の地獄の門の実態は知る由もない
もっとも瑠璃《ラピスラズリ》は持ちきれないほど手にするが

アレクサンドロス王とインド王ポロス

紀元前四世紀中国は秦・魏・趙《ちょう》ら七雄が争《あらが》う戦国時代
才人呂不韋《りょふい》は敏腕を振い秦の宰相となる　同じころ
前三二六年五月二九歳のアレクサンドロス王は
インダス河を挟んで九度目の大会戦に挑む
相対するは二百頭もの象部隊を率るインド王ポロス
アレクは陽動作戦を仕組み　己は愛馬とともに
上流ヒダスペス川の深浅をさぐり
一夜のうちに二万の兵を渡らせる

ポロス王は巨象に座して軍旗を振る

両軍泥沼の闘いに巻きこまれる
ポロスの百十頭余の象と二万三千余の兵が斃れ
王も巨象も瀕死の重傷を負う
巨象は王を地上に降ろし　自ら前足を曲げて停止する
それでも巨象は長い鼻で王を巻き上げ
玉座に着かせる　生き残った八五頭の象たちも
調教によるのだろう　前足を曲げて停止する*19

これに感激したアレク王は己の軍医団に命ずる
　王と象と兵士たちを手厚く治療せよ
これを目撃したポロス王は
アレク王の深い融和の情に感じ入り
敵同士深い信義を抱きあう

　アレク王よ　貴殿の奇策は群をぬき
幾多の都市《ポリス》を薙ぎたおし

巨万の富を手にされた

わが剣はどんな刃にも引けをとらない
わが祖国わが妃ラチの孕むわが児のため
インド統一と弥栄えのため　たとえ屍になろうとも
オゝ　わがインドに勝利あれ　誇りあれ！

アレク　ポロスに応えて曰く
人生とは生き抜いて返すこと
巨万の富も国々も返却しよう
平等なる死の大地にお返ししよう
世の王のように現人神として
常しえの自由の大地に葬ってくれ
余はバビロンに帰り　草木のように眠りたい
余は柩より空手を出し　墓場に向かう
あとに残すは物語と栄誉のみ

勇猛果敢な王の中の王たるポロスよ
汝より愛国の深さと誠を教わった
ポロス王よ　汝に勝利あれ　インドに統一あれ[*20]！

無念にも戦のさなかアレクの神馬は事切れる
数々の会戦で先陣を切ったブケファロス
今まで勝利した大都市をアレキサンドリアと名付けたが
愛馬の渾身の奮闘を称え
当戦場をブケファリアと命名する
アレク王は遂にインド横断行を断念し
大河インダスを下り　スーザに帰る

＊19　塩野七生、＊7、三六〇～四六八。
＊20　TV、BS四、二〇二一・七・二七、「ポロスシーズン五」。

イチジクの巨木たち

パラグアイは人跡未踏の蜜果の森林
一樹に数万の蜜蠟の実をつけ
数万の鳥たちの喉元を潤し
数万の蟻たちの喉元を痺れさせる
世にも稀なる巨木が潜む

長江河畔三狭併流は香格里拉《シャングリラ》
若い女がうす紫の映日果を並べ
幼児《おさなご》に白いベビー服を着せ露台に立たせ
うす紫のかわいい魔羅だけ覗かせる

そう　ここは和合祈願の喇嘛《らま》の国

イタリアは東南端ブリンディジ港
ピラミッド形に山積みされた
紫イチジクに魅せられる
イオニア海を東に渡るとオリンピアの山が見え
旅人は麓の市場でギリシャの蜜果を目にし　安堵する

イベリア半島南端は名勝グラナダ王国が開け
近郊にアルハンブラ宮殿が造営される
八世紀アフリカ北岸のイスラム教徒が侵入し
この属領に創建した夢の国
そこには華麗な庭園フェネラリーフェが輝き

ハーレムの囲女《かこいめ》たちの舞に見飽きた王公が
酔余の目覚に漫《そぞ》ろ歩む眩いばかりの花壇には

三千m余のシェラ・ネバダ山系から清水が引かれ
真夏でも指先が悴《かじか》むほど冷たい噴水が
色取りどりの小花たちを甦らせる

繊細な花々のすぐ隣には獅子葉のごとき
青葉の繁るイチジクがジャングルをなす
細やかさを嗜む旅人は少なからず違和感を覚える
ここはアジア砂漠を祖国とするアラブ人の侵略地
蜜果こそ　乾燥地での命の糧なのだ

アレクサンドロス王の落馬

ガウガメラ[*21]での大勝利に慢心していたろうか
アレク軍団がティグリス河畔を南下中
巨大な無花果《イチジク》の老木に行く手を阻まれる
愛馬ブケファロスは首を屈めすり抜けるが
アレク王はまともに巨木にぶつかる

この世で至宝の蜜果を貪ったシッペ返しか
幼少より一日中エジプトイチジクを食したせいか
とまれかくまれアレク王は鬣を摑んだものの落馬し
老木を支える赤壁に右半身を叩きつけ

頭蓋骨　肩甲骨　脊椎　アキレス腱に重度の損傷を負う
軍医フィリッポスの手厚い処置にもかかわらず
二十日間寝返りさえうてず　好事魔多しだったか
駿馬が犯した唯一の汚点だったか　訝《いぶか》ること頻り
それでも若き王は臥所《ふしど》にあって　インダス河を越え
未知なるインドへの東征を幻視する

＊21　塩野七生、＊7、二九五〜三三九。

四　アレクサンドロス王東征の終焉

アレクサンドロス王東征の終焉

アレクサンドロス王はペルシャ帝国の
バクトリア　ソグディアナ両地方長官を退かせ
ついに前三二四年、大帝国ペルシャを滅ぼす
バクトリアには絶世の美女ロクサーネがいて
スピード王アレクは一目惚れ　直ちに結婚[*22]
その頃アレクたちは飲まず食わず　たとえ水を差し
出されても兵士たちの渇望を思い　一滴も飲まず
晩秋の草原では　婦女子を入れず　雑魚寝を通し
サマルカンドの厳冬を耐えしのぶ
スーザに帰還するまで十年の歳月が流れる

アレク王晩年の武将フィロータスはアレク暗殺計画の
事実を告げなかった咎で死刑にされる
王の次席クラテロスはワインを呑みすぎ
王に罵詈雑言をあびせ　父王フィリッポスの
悪事に及ぶや　我慢づよいアレクは堪りかね
一矢で彼を即死させる
さらに無二の親友ヘーファイスティオンを病で失う
悲劇につぐ悲劇に加え　重鎮たち兵士たちに
従軍を拒否され　ついにインドへの東征を諦める

＊22　アレクサンドロス四世（前三二三〜前三一〇）、アレク王とロクサーネ妃の一人息子。祖母、王妃、四世の三代にわたり、カッサンドロスに殺害される、＊34。
・古川達雄訳、A・ウェイゴール『アレキサンダー大王』角川文庫、一九七〇、によれば〈ロクサーネはペルシャ帝国のもっとも美しい女であったが……妻とする必要はなく……それほど深く彼女に注意をはらってはいなかった〉。

二万人の合同結婚式

ペルシャを滅ぼし　次第に専制君主化したアレク王は
内に秘めたアジア帝国樹立の悲願を仄めかす
その一つに融和の理念に基づき
前三二四年春一万人の自国マケドニア男子と
一万人の亡国女子との合同結婚式を挙行する
スピード王アレクは自らダリウス王の長女を娶り
アジア帝国に尊厳と栄光を加えんとし
親友ファイスティ[*23]はダリウスの次女と結婚させる
イケメン兵士との約しい同棲相手《つま》は正妻と認める
この華燭の典はまさに空前絶後であった[*24]

ジパングの密やかな結婚や仲人制とは訳がちがう
因みにエウメネスの妻は温和　今は淑やかな老女《おうな》
ところがアレク晩年の世情は殺気立ち
諸民族混交の故か　兵士どもは激しく抵抗
王はかれらの毀誉褒貶に苛《さいな》まれるがじっと耐え
翌春王はアラビア半島からエジプトを経て
カルタゴ　チュニスへの西征の準備に取りかかり
出陣は前三二三年五月と決める
しかし不運にもアレクサンドロス王は
高熱と平熱を三、四回くりかえし[*25]
ついに三三歳を一月《ひと》後にひかえ崩御する

＊23　ファイスティ、ヘーファイスティオンの愛称。
＊24　村川堅太郎、＊8。
＊25　村川堅太郎、＊8、一説にはマラリア蚊に依ると。

インダス文明

アレクサンドロスは前三二六年インドに辛勝するも
さらなる東征は断念し　インダス河を下る
その途次不審な部族マルロイ人に襲われ　重傷を負う
アレク王の治療を兼ね　エウメネス軍団は
前二、三十世紀以前の遺跡モヘンジョ・ダロ*26を探索する
同遺跡はインダス河口より四百キロ遡った古都

マールシャルによって発掘されたその街には
幅三メートルの曲がりくねった道があり
瀟洒な焼煉瓦が敷かれ

その側壁にも同質の煉瓦が積まれている
街の下層には何世代も前からの別の廃墟がある

渇水期のインダス川岸壁を
ダロのガイドが案内してくれる
道αの下には道βがあり　更に下層には道γδ
倉庫αの下には倉庫βがあり
更に下層には倉庫γδがあります

モヘンジョ・ダロの北東五百キロの左岸には
アーリア人進入以前の文明都市
ハラッパ[*27]があり　前二、三十世紀に栄える
同都市より五百キロ北方右岸には
東西文化混交のガンダーラ仏跡[*28]がある
その西二百五十キロにはアフガニスタンの
カブールがあり　爾来今日まで紛争が絶えない

これら一連の古都はすべてインダス河の恩恵による
同河川の最北端はチベット西部を発源とし
ヒマラヤ・カラコルム山脈の狭間を南東に横断し
ギルギット[*29]で南西に向きを変え
全長三千三百キロの長旅を経てアラビア海に注ぐ
その間のパンジャブ平原では雨期になると
道路橋は水没し　河道はしばしば変遷する
人々は羊の皮を膨らませ　浮袋にして川を渡る

中流域のハラッパと下流域のモヘンジョ・ダロこそ
インダス文明の母体をなす
アレクサンドロス王遠征のほか
たびたび侵略や係争の舞台となる——
文明とは己が廃墟に向って傾斜してゆく長い道程
おそらくいかなる人生もまた——

ジパングの詩人[*30]は　より深いコトバが見つからない

＊26　モヘンジョ・ダロ、現パキスタン南部、前二三〇〇〜前一八〇〇に栄える。
＊27　ハラッパ、インダス河中流域左岸の古都。
＊28　ガンダーラ仏跡、その美術はジパングにも及ぶ。
＊29　ギルギット、インダス河最上流域。
＊30　井上靖『シルクロード詩集』日本放送出版協会、一九八二「インダス河」「人生とは」。

王位継承百年の争乱

王位継承の争乱は
時代と国柄を問わず常に起きる
特にアレクサンドロス大王の没後
優れた武将　高邁な野心家が多く
その覇権争いは百年に及ぶ[*31]
アレク王は〈より優れた者に〉と漏すのみ

王の学友仲間は四人いて
三人は同士打ちとなり戦死する
プトレマイオス[*32]のみ早くからエジプト領を託され

それ以上の野望は抱かず　自然死する
特筆すべきは王の次席にあったクラテロス*33は
マケドニアとギリシャを統治していたが
さらに野望を抱き、息子カッサンドロス*34に引き継ぐ
後者は王の死後十三年、神々しい王母オリンピアス
華麗な王妃ロクサーネ　息子アレク四世を殺害する

セレウコス*35はシリアにセレウコス朝を創設
それでも満足せず　さらなる野心を抱く
われらが詩人エウメネス*36は数々の詩篇を認め
王や武将の勲功を称えるが　争乱に巻かれ殺される
ネアルコス*37は早々と争乱から身をひき
インド洋からペルシャ湾までの航海記を遺す
デメトリオス*38は父の志をつぎ　戦術巧者だが
勝利の活用法を知らず　戦闘中に捕われ獄中で自殺
かれは大変な美男であり　政略結婚五回

姿形はアレク王の再来といわれた

＊31　王位継承戦、前三二三～前二八一の約百年。
＊32　プトレマイオス、前三六七～前二八三。
＊33　クラテロス、前三六〇～前三二一。
＊34　カッサンドロス、前三五〇～前二九七、＊22。
＊35　セレウコス、前三五八～前二八一。
＊36　エウメネス、前三六二～前三一六、＊6。
＊37　ネアルコス、前三五六～前三〇〇。
＊38　デメトリオス、前三三七～前二八三。

ヘレニズム文化

ヘレニズムは古典ギリシャの終焉から
ローマ帝国成立までの文化的政治的概念といえよう
つまりギリシャ文化を仲介にした
東西文化が混交した時代
アレクサンドロス大王が亡くなる前三二三年[*39]から
エジプトがローマに併合される前三十年までの
三百年間と考えられる
この期間アテネを基盤とした建築彫刻等の画期的
芸術活動がある　旧エジプトのアレキサンドリアでは
文献学・自然科学などの諸科学が

高度に発展した時代といえよう
もっとも大王没後の初期は後継争いがあり
エジプトではプトレマイオス朝
シリアではセレウコス朝などに分裂[*40]するが
ギリシャ的生活は存続し
哲学はさらに深まり広まる

アレク王が征服したオリエント文化圏の
地理的環境はどうだったか
王と同様好奇心旺盛なエウメネスは
下層階級の現実に目を向ける
王が征服した極東は　現アフガニスタン
カブールのさらに東カイバル峠[*41]を越えると
城塞都市ペシャワールがあり
アレク王が午睡をとったと伝えられる

その地方一帯はガンダーラと呼ばれ
インダス河を主流とする山脈　砂漠　平原が
交互に連なる辺境の地
そこは現在パキスタンとインドであり
わが王はこの極東に五ヶ所以上
アレキサンドリアなる都市を建設する

好奇心旺盛なエウメネスはこうした都市や
駐屯地をしばしば抜けだし
山裾や砂漠の実態を探りにゆく
そこにはキツネやイノシシが潜み
羊を襲って食べている*42
住人たちは羊を飼うことが一番のたのしみ
オアシスの市場に出かけて羊を売る
貧しい人でも三百頭　山裾の人は八百頭
ラクダを数頭飼うという

羊がいちばん太る七、八月には結婚式があり
その家の裏庭では羊を屠殺し
男は〈アッラー　偉大なり《アクバール》〉と叫ぶ
エウメネスの脳裡にはその叫びが響きつづける
川が枯れると胡楊が倒れ
羊が群れてその残り葉を食べる
その内の一頭が四本の足を縛られて寝かされ
小刀が一振り二振り素早くはしる

大きく開いた口から血が流れ
軽い痙攣をおこして静まる
ぴくつく羊のうしろ足を男は切り取り
そこに口を当て　笛吹きさながら息を吹きこむ
風船のように脹らんだ体を叩き
さらに息を吹きこみ　屍を横木に吊し

皮を剝ぎ　臓腑を取りだし　肉塊にする
一連の作業は三十分で終る

肉塊は串刺しに　肝臓　心臓　白い脂
コショウ　卵　小麦粉で練ったタレを塗り
飴いろになるまで丸焼きにする
黄昏どきの結婚式のメイン・ディッシュ！
エウメネスはアッラー・アクバールの木霊を
耳にしつつ　香ばしいナンとともにご馳走になる
夜更けた闇夜の胡楊の谷川をつたい
駐屯地に戻り　戦友テラの背に
己の背を添わせて睡る

＊39　アレク王出征の前三三四年とする説もある。
＊40　前節参照。
＊41　カイバル峠、ペシャワール、ガンダーラ等はほとんど砂漠地帯。
＊42　井坂義雄「夜の砂漠から」『砂漠・水・人間』法政大学出版局、一九九五。

・井坂義雄『タクラマカンの私的広がり』近代文芸社、一九九七・三・三一。
・井坂義雄「夜の明かり」「非模様」文芸誌『飛翔』四一、二〇一八・一一・二〇。

エピローグ

オリンピアスよ　ロクサーネよ

あるかなしかの詩心とそこそこの哲理ゆえ
アレクサンドロス王に重用された
不肖エウメネスは想う――
知っていて　知らなかったことばかりだ
三十年作ったトラキアイチジクの醍醐味
三十年作ったマスカット・オブ・アレキサンドリアのコク

クフ王の築いた東西南北を指す金字塔《ピラミッド》の謎と神秘
パルテノン神殿[*43]の神々しさ
守護神アテナの優美

ダリウス大王の築いたアジア最大の
ペルセポリスの壮麗さ
知っていて　知らなかった

余の声なき声を聴け　身寄りの者たち
余の旅立ちは間もなくだ　今夕か　未明か
慈悲深いわが母オリンピアスよ
そなたの慈愛はカスピ海より深く　朝な夕な
七色に変化し　黄昏には駱駝いろに和む海
エピロスの女王・マケドニア王妃よ

わがいとしいロクサーネ妃よ
全天中もっとも強く輝く
おうし座α星アルデバランよ
そなたの瞳は紺碧の
イオニア海より青く透明

そなたはかつて謳ってくれた

わたしには二対《ふたつ》の翼があるの
何物をも寄せつけない風切羽《かざきりばね》
いとしいものを包みこむ小翼羽
そなたの気高く凜々しい冑と同じなの
やや傾いだ思慮深げなお姿！
そなたのお帰り　まだですか

わたしの翼と小翼の狭間には青く深い湖があるの
戦がおわり　野の風がかすかに戦ぐと
この岸辺に漣がたち
水面にそなたの堅い甲冑が現われるの
でもそなたの直《ひた》向きなお姿
まだお見受けできません

夜空の星屑すべてが払拭されても
そなたの斜光に浸れるならば
ふらつく足が縺れても意にしません
そなたの声が届かなければ
この耳を剃り落とし
そなたに触れ得ぬならば
この手を切りおとします

もはや不要の風切羽は堅く閉ざし
小翼羽はそなたのために胸底に沈めておきます
そうならないよう一刻も早くお帰りください
わたしはお母上のお名前オリンピアの山裾に
なに煩ろうことなく引き籠り
ひたすらそなたのお帰り　お祈りします

母よ　妃よ　無二の友ファイスティよ

余は間もなく　ここバビロンを去り
百千万億劫光年の大宇宙[*44]への旅にでる
叶うことなら今ひと時ここに留まり
イチジク　ブドウ　草木たちと暮したい
こうした叶わぬ思い川に浸っていると

川面の靄から怪しい妖精が現われる
温かく匂やかな慈愛を秘めた
妙なる仙女がことば巧みにさし招く
　王よ　お出で　この熱い想いの胸元に
　そなたに相応しい九天九地を授けよう
すると　物みな霞み　遠ざかる

＊43　パルテノン神殿はペリクレス指揮により前四三八年竣工。
＊44　小山修一『日蓮とニーチェ』日相出版、二〇二一。

あとがき

文芸作品における話者と聴き手との関係は常に問題となり、これまで多くの論議がなされた。ここではこの問題に深入りせず、拙作における話者についてのみ触れておきたい。

主要な話者の一人は旅人であり、かれは古代から現代に至る時系列的視野をもつ人物である。今一人はアレクサンドロス王に仕えるエウメネスという人物である。後者には詩心があり、多少哲理を解する軍人であり、アレク王を身近に観察できる立場にある。

アレクサンドロス王、詩人エウメネス、旅人の三者にはそれぞれ特有のアイディアがあるが、共通した面もある。旅という観点からすれば、短命だったアレク王が抜群の旅人だと言えよう。

今度も砂子屋書房田村雅之社長より手厚いご指導ご支援を賜わった。深甚の謝意を表したい。

岡　隆夫

著者紹介

岡　隆夫（おか　たかお）

一九三八年　岡山県倉敷市生まれ
一九六二年　岡山大法文学部卒業、六八年広島大大学院修士課程修了
一九七三年　海外研修欧米、後年欧米出張
一九七八年　訳『エミリィ・ディキンスン詩集』後年『ハーディ詩集』『同続』等
一九八〇年　日本現代詩人会員、『ディキンスンの技法』桐原書店
一九八六年　岡山大文学部教授、ディキンスン国際学会員、同運営委員
一九九〇年　文学博士号取得（ディキンスン）、世界詩人会議等に参加発表
一九九三年　岡山大大学院文化科学研究科博士課程初代研究科長
二〇〇〇年　日本詩人クラブ会員、前年岡山県詩人協会長
二〇〇三年　岡山大名誉教授
二〇〇五年　第十五詩集『ぶどう園崩落』農民文学賞
二〇一二年　『岡隆夫全詩集』和光出版
二〇一六年　第二一詩集『馬ぁ出せぃ』日本詩人クラブ賞、岡山県芸術文化賞、山陽新聞賞
二〇一七年　中四国詩人会長
二〇二〇年　第二二詩集『吉備王国盛衰の賦』

現住所　〒七一九—〇二五四　岡山県浅口市鴨方町六条院東一〇五九

詩集　アレクサンドロス王とイチジク
二〇二二年七月四日初版発行
著　者　岡　隆夫
発行者　田村雅之
発行所　砂子屋書房
東京都千代田区内神田三―四―七（〒一〇一―〇〇四七）
電話〇三―三二五六―四七〇八　振替〇〇一三〇―二―九七六三一
URL http://www.sunagoya.com
組　版　はあどわあく
印　刷　長野印刷商工株式会社
製　本　渋谷文泉閣